KB181035

푸른사상
시선
24

부평 4공단 여공

정 세 훈 시집

푸른사상 시선 24

부평 4공단 여공

인쇄 2012년 11월 15일 | 발행 2012년 11월 24일

지은이 · 정세훈
펴낸이 · 한봉숙
펴낸곳 · 푸른사상사
주간 · 맹문재 | 편집 · 김재호 | 마케팅 · 박강태

등록 제2－2876호
주소 서울시 중구 초동 42번지 아시아미디어타워 502호
대표전화 02) 2268－8706~7 팩시밀리 02) 2268－8708
메일 prun21c@yahoo.co.kr / prun21c@hanmail.net
홈페이지 www.prun21c.com

ISBN 978－89－5640－963－4 03810
ISBN 978－89－5640－765－4 04810 (세트)

값 8,000원

e-CIP 홈페이지(http://www.nl.go.kr/cip.php)에서 이용하실 수 있습니다.
(CIP제어번호 : CIP2012005212)

부평 4공단 여공

| 시인의 말 |

누가 묻는다. 자본주의가 싫으냐고 묻는다. 분명하게 대답한다. 민주를 파괴하는, 그러한 자본주의는 싫다. 민주를 꽃피우는, 그러한 자본주의라면 좋다. 자본을 살찌게 하는 만큼 노동도 살찌게 하는, 공생의 자본주의가 좋다. 민주주의보다 우선시 되지 않는 자본주의가 좋다. 그렇지 않은 자본주의는 나에게 무의미하며, 싫다.

지난 2006년, 내 생을 정리한다는 마음으로 졸시집 『나는 죽어 저 하늘에 뿌려지지 말아라』를 간행했다. 공장에서 얻은 병으로 투병 중이었던 내 육신이 더 이상 버티지 못할 상황에 서였다. 천행으로 이를 극복하고 재생했다. 재생된 삶이니 더욱 공공선(公共善)에 투신하고 헌신하며 살아야겠다. 내 졸시들이 거기에서 벗어나 곁눈질하지 말기를 기원한다. 모든 것을 다시 시작한다. 참으로 감사하다.

| 차례 |

제2부

제3부

| 부평 4공단 여공 |

제4부

제1부

폭포

아득한

절벽 위에서

낙하하는

삶이여!

낙하하지 않으면

살아갈 수 없는

노동자여!

2012년 노동판

1972년 중졸 소년이 노동자가 되었다
아버지는 탄광에서 탄을 캐내는 광부였다
고등학교에 진학하고 싶었다
고등학교를 졸업하면 대학교도 가고 싶었다
아버지는 늘 자기처럼 되지 마라 했다
아버지 같은 노동자가 되기 싫었다
그러나 소년 노동자가 될 수밖에 없었다
큰 공장에 들어가 일하고 싶었다
나이가 어리다는 이유로
중학교만 졸업했다는 이유로
규모가 작은 영세 공장에 들어갔다
노동법 하나 적용받지 못하는 공장이었다
공장은 석면 가루를 날렸다
화공약품 악취를 풍겨댔다
통풍이 안 되어 40도를 오르내렸다
함께 일하던 소년 노동자들
가슴이 답답하다며 고향으로 갔다
죽었다는 소식이 들려오곤 했다

그 누구도 왜 죽었는지 몰랐다
가슴이 서서히 답답해 왔다
병원에 가서 엑스레이를 찍었다
검진 결과 별다른 이상이 없다 했다
세월이 흐를수록 야위어 갔다
가슴은 점점 답답해 왔다
쇠약해진 몸은 노동을 감당하지 못했다
공장을 나올 수밖에 없었다
진폐증을 앓고 있다는 것은 이후에 알았다
생사의 고비를 몇 번 넘겨 아직도 살아 있다

1972년에 어쩔 수 없이 들어갔다가
1992년에 어쩔 수 없이 나온 노동판
투병생활을 하며 지켜본
노동판은 점점 더 열악해져 갔다
노동법은 언제나 존재했지만
노동판과는 언제나 멀리 떨어져 있었다
최저임금제가 생겨났지만

노동판을 죽이고 자본만을 살찌우고 있었다
비정규직을 만들어
노동판을 더욱 가난하게 만들었다
노동의 피와 땀을 착취하여 부를 누린 자본
정리해고라는 칼을 들이대었다
일방적으로 공장 문을 닫아버렸다
후진국으로 더 싼 피땀 값을 착취하러 갔다
이 땅의 피땀 값이 너무 비싸다며 갔다
어찌 이럴 수가 있느냐 항의하는 노동자들을
든든한 비호세력 정권과 함께
종북세력 빨갱이로 매도하며 갔다

완전한 노동

타인의 몸으로 하는 것이 아니고
온전히 자신의 몸으로 하는 것

기계의 힘을 빌리는 것이 아니고
온전히 자신의 힘으로 하는 것

피와 땀을 흘려야 하고
외롭기 한이 없는 짓이나

사랑하지 않으면 안 될 사람과
밤을 밝혀가며 하는 것

이건 시가 아니다

이건 시가 아니다

다시 밤일을 나가기 위해
아침 퇴근길 구멍가게에서
물 마시듯 소주를 마신

말짱한 대낮에
말짱한 정신으로 오지 않는 낮잠
취한 채로 청한

온 식구
나란히 나앉아
맘 편히 외식 한 번 못해본

온몸에
직업병이 들어
스멀스멀 삭신이 쑤시는

그것도 노동판이라고
먹여 살린 노동판이라고
싸구려 인건비 기름 짜듯 짜내다

더 싼 인건비 찾아
외국으로 옮겨 놓고
일방적으로 문을 닫아버린

텅 빈 공장 이야기다

풍만한 노동

— 노인과 여인*

쇠창살 밖에서
간수들이 지켜보고 있는
독립투사 아버지의
마지막 만찬장

죽음을 앞둔 마지막 모습을
보기 위해 달려온 딸
해산한 젖가슴을 풀어
아버지의 입에 물렸다

투쟁의 손과 발을
묶어 놓은 족쇄
'음식물 투여금지' 형벌이
만찬을 음미하고 있다

원초적인 슬픔과 분노
숭고한 부녀간의 사랑

아름다운 세상

그리고 풍만한 노동을

* 푸에르토리코 국립미술관 입구에 전시되어 있는 피터 폴 루벤스의 작품. '음식물 투여금지' 형벌로 숨을 거두기 직전인 독립투사 아버지에게 감옥을 찾아온 딸이 젖을 물리고 있는 모습을 그렸다.

후일담

이제 공기 좋은 곳에서 살게 되어
잘 되었구먼
집 한 칸 없이 가난하게 살았어도
아이들 반듯하게 잘 자라서 복 받았지
자신을 돌보지 않고
이웃을 먼저 챙겨주어서일 거야

다른 곳에서는 살아갈 수 없을 것처럼
자리 잡은 곳이 이곳이고
아이들 키운 곳이 이곳이라며
공단 주변 달동네 궂은일 도맡아 하던 그가

갑자기 전원생활을 하고 싶다며
벽촌으로 떠나던 날
우린 그가 터 삼아 지내던 골목
구멍가게 문턱에 둘러앉아 부러워했다

몇 달 후 그가
우리 모두 알지 못했던
젊은 날 공장에서 얻었다는 직업병으로
세상을 떠났다는 후일담이 전해왔다

실직

어김없이 지니고 다니던 결혼반지가
며칠째 보이지 않는다는
사실을, 모른 체해야 한다고 다짐했다.

출근한다며 하루도 빠짐없이
아침마다 집을 나서는 남편이
일할 곳을 찾아 헤매다 돌아오고
뒷산 마루에서 시름을 달래다 돌아온다는
사실을, 모른 체해야 한다고 다짐했다.

어제 저녁 품삯을 받았다며 내민 봉투와
결혼기념일 선물이라며
빨간색 투피스 정장에 어울릴 것 같아
사왔다는 모조품 목걸이가
남편의 결혼반지를 처분한 것이라는
사실을, 모른 체해야 한다고 다짐했다.

외상 노동

미장이 일 하나로 연명해 온
홀아비 강씨 새벽길을 나선다
일감이 없어 모두가 애태우는 이 판국에
노동을 팔 수 있는 것만으로도
다행스러운 일이라며
새벽길을 나선다
아침부터 저녁까지 하루 종일
노동은 오늘 당장 팔지만
품삯은
언제 받아낼 수 있을지 모르는
새벽길을 나선다
이제는 한시름 달래주던
외상 깡소주 한 잔마저
마음 놓고 마실 수 없게 된 강씨

외상 노동 팔러 새벽길을 나선다

공장이 있던 자리

목을 매고 살아온 자리

단칸셋방 밀린 월세
자식 놈 유치원비
한 달 치 외상 쌀값
턱없이 부족한 병원비
충당해보고자

억지 낮잠
밤샘 노동
12시간 맞교대로
분진을 마시며
피땀을 팔아온 이들
뿔뿔이 흩어지고

최첨단 시스템 빌딩이
독차지한 자리

부평 4공단 여공

늘 그녀들로부터 위축되어 있었다
맘에 드는 상대가 나타나도
내 처지만 생각하면
적극적으로 나서질 못했다
가까이 접근을 하면
공돌이 주제를 파악하지 못하고 있다며
면박을 줄 것만 같아 그냥 지나치고 말았다
궁여지책으로 펜팔을 했다
펜팔 업체로부터 소개받은 그녀는
부평 4공단에서 여공으로 일하고 있었다
그립다, 보고 싶다, 사랑한다는 말 대신
연장작업, 휴일 특근작업, 36시간 교대작업,
공장생활의 고단한 이야기들이 오고갔다
아프지만 병원 갈 돈이 없다는 소식이 오고갔다
"아프지만"이란 소식에
그녀가 보고 싶어졌다
"병원 갈 돈이 없다"는 소식에
서로 사랑하게 되었다

환청

듣고 싶지 않을수록
가까워지는 소리

낡은 내 귀가
감당해내기 힘겨워

막으면 막을수록
더욱 파고드는 소리

귀를 막다가
스스로 동화되어

긴긴밤 뜬눈으로
쓰다듬어가는 소리

공장에 두고 온
낡은 기계 소리

채 아물지 않은 노동

공장에서 셋방으로 돌아온 저녁
여름인데 으슬으슬 추웠다
몸살 기운이 돋는 것 같았다
약국에서 감기약을 지어 먹었다
근질근질 온몸이 가려워왔다
피부가 벗겨지고 진물이 흘렀다
남근은 표피가 홀딱 벗어져
하나의 고깃덩이로 변했다

확실한 진단이 나오지 않았다
병원으로, 또 다른 병원으로
서울이든 지방이든 피부병을
잘 본다는 병원은 다 찾아갔다
어떠한 병인지 뚜렷한 진단을 내리지 못했다
5년이 흐른 뒤에서야 우연히
약 부작용이었다는 사실을 밝혀내게 되었다

치료에 들어간 지 6개월이 지나자

퇴사 조치와 의료보험 적용이 제외되었다
수년간 더 치료에 매달렸다
몸은 형용할 수 없을 정도로 야위어갔다
모아 두었던 몇 푼의 돈들도 모두 없어졌다
정신은 나날이 피폐해져가고
신경은 점점 날카로워져 갔다

표피가 고깃덩어리처럼 벗겨진 남근
새벽이면 어김없이 발기가 되었다
면도칼로 그어 놓은 것처럼 갈라졌다
피가 사방으로 튀었다
채 아물지 않은 남근을
붕대로 싸매고 공장 일을 나갔다
병약한 내 노동이 시원치 않아
노임은 절반만 받기로 했다

그리운 노동

아파트 후문을 빠져나와
버스정류장으로 가는 길목
폐기된 지 오래된 노동이
가던 길 멈추고
공장 안을 들여다보고 있다

폐기된 노동이
흘린 땀을 따라 빠져나간
몸 안의 염분 채워주기 위해
소금을 집어 삼켜야 했던
조명 흐린 영세 공장

언제 왔을까
젊은 방글라데시 이주민 노동이
프레스 기계가 쏟아놓는
무거운 철제 생산품을
땀 흘리며 받아놓고 있다

분진과 매연과 악취에게
폐 수술 장 수술 당한
열일곱 살 어린 나이 노동이
폐기처분된 사실도 잊은 채
공장 안을 들여다보고 있다

언제 폐기될지 모를
젊은 방글라데시 이주민의 노동을

맑은 하늘 하나 낳아보리

비 내리는
눈 내리는
날 궂은 그 어느 날
그대에게 가리

왜 하필이면
맑은 날 놔두고
궂은 날 왔느냐
울먹이는 그대와

눈물로
얼싸안고
맑은 하늘 하나
낳아보리

제2부

야릇한 통증

다시 밤일을 나가기 위해
아침 퇴근길 구멍가게에서
물 마시듯 소주를 마셨다
말짱한 대낮에
말짱한 정신으로 오지 않는 낮잠
취한 채로 청했다

소주를 물 마시듯 마셨듯이
억지로 몸을 움직인다

분진 날리는 밀폐된 공장에서
함부로 굴린 몸
크고 작은 직업병 후유증이 배어
몸 편히 가만히 있을라치면
온몸 속에 벌레들이 든 것처럼
스멀스멀 야릇하게 쑤셔와서

그 야릇한 통증 잊으려
억지로 몸을 움직인다

병든 몸을 바꾼다

건강해지는 것이 염원인
병든 몸을 바꾼다
기나긴 병치레 투병생활로
대꼬챙이처럼 야윈 몸을 바꾼다
병든 몸을 건강한 몸으로
바꾸고 싶은 심정으로
옷차림을 바꾸고
머리 모양을 바꾼다

공장에 다닐 때부터
습관처럼 즐겨 입던
헐렁한 작업복을 벗어버리고
야윈 몸에 딱 맞는
뱅뱅 반 골반 청바지
빈폴 반팔 티셔츠
튀는 패션 목걸이
착 달라붙는 자켓
신세대 캐주얼 옷으로 바꿔 입는다

공장에 다닐 때부터
편하다 생각되어
당연하다 생각되어
짧게 한 머리를
길게 길러
파마를 하여 웨이브를 내고
갈색으로 염색을 한다

비난하고 싶은 자들이여
오십 중반 나이답지 않다며
중병 든 자 답지 않다며
손가락질하며 비난하라
그래도 나는 나의 몸을 바꾼다

아프다 말하고 싶지 않은 몸

몸이 많이 아프다
누구에게도 아프다고 말하고 싶지 않다
말하고 싶지 않은 몸보다 마음이 더 아프다
너무 아파서 좋아하던 시마저 멀리했다
읽고 싶지도 않고 짓고 싶지도 않다
그립고 그리운 만큼 보고 싶고
보고 싶은 만큼 전화를 걸고 싶은
인연들에게 차마 전화도 못하겠다
무어라 말할 것인가
그저 홀로 비시시 웃어본다
떨어진 노동판 하루 일감처럼
막막하고 적막하고 한없이 외롭다

마치 이방인이 보낸 메시지처럼
계간 『작가들』, 『창작과 비평』, 『시평』 …, 들이
봄 여름 가을 겨울 부쳐져 왔다
박일환 시인과 이해선 소설가가 찾아왔다
김포로 두 번이나 찾아왔다

인천작가회의 회장을 맡아달라고
한 해 걸러 두 번이나 찾아왔다
무어라 말할 것인가
그저 홀로 비시시 웃어본다

노동으로 얻은 병이
이토록 깊은 줄 미처 몰랐다
이렇게 살아온 것이 기적이라 한다
의사의 말이 맞지만 맞지 않는 부분도 있다
기적처럼 살아온 것이 맞지만
기적처럼 버티어왔다

후일 몸과 마음이 아프지 않게 된다면
그저 홀로 비시시 웃어본
까닭을 말해도 좋을 것이다

오월 흰 구름

서울 변두리 김포시
종합병원 7층 흉부외과 병동 침상에 누워
창틀에 반쯤 걸린 오월 흰 구름을 본다
정착하지 못하고 떠도는 자의 혼백인가
그렇다면 저 혼백은 누구의 것인가
오월 구름치고는 색깔이 너무 희고 선명하다
어저께는 부질없는 시(詩)였던가
'나는 죽어 저 하늘에 뿌려지지 말아라' 를 지었다
오전에 박영근 시인의 타계 소식이 내게 왔다
하필이면 이런 상황에서란 말인가
가야지 가야 한다 마음은
그의 영전으로 달려가고 있지만
병상에 누인 몸은 이미 내 몸이 아닌 듯
그저 창틀에 걸린 오월 흰 구름만 바라본다
부평을 떠나 김포에서
잘살고 있으리라 여기고 있을 인연에게
여전히 내 소식을 거짓으로 전한다
일 땜에 해외에 왔는데

그리하여 부득이 영전에 가지 못하니
유족에게 내 조의를 전해달라고

특별한 변수가 없는 한
나의 수술을 맡은 흉부외과 의사는
예정대로 내일 아침 9시 30분에
내 몸을 수술대에 올려놓고
가슴을 열어 병든 폐를 수술하겠지
긍정적보다 부정적이 압도적이라는
그 험하고 막막한 수술을 하겠지
놀랍다 나에게 이토록 미련이 있었던가
어이해 이 상황에서 어저께 일인 듯
박영근 시인과 나누었던 말이 떠오르는가

김포로 요양 삼아 떠나오기 전
파릇파릇한 오월이었다
야간일을 나가야 하는 나를 놓아주지 않고
낮술부터 하자 하던 그가

이제 술보다는 밥이 함께 먹고 싶어졌다며
들어선 부평 진선미예식장 골목 설렁탕집

그날 우린 뜬금없는 말을 주고받았다
"형은 오래 살 거 같아"
"나보다는 자네가 더 오래 오래 살 거 같은데…"

한 시절 흘러가듯 영근이는 가고,
나는 수술을 기다리고

저승꽃

섭씨 40도를 오르내리는

에나멜 동선작업 현장

비 오듯 땀을 흘리고 나서

소금 한 움큼을 집어먹었다

사무실 여자 직원들이

보지 않는 야간일을 할 땐

그냥 팬티만 입고 일했다

때로는 불에 시뻘겋게 달궈진

동선에 화상을 입었다

소금에 파김치 절이듯

땀으로 절인 몸에서

하얀 소금꽃이 피어났다

염분 잃은 소금꽃이

저승꽃 되어 다닥다닥 피어났다

혈관에 스며드는 마취제처럼

살려주십시오

빈다

나의 신께 빈다

가난한 가정에 태어난 죄

돈이 없어 배우지 못한 죄

공장에서 병든 죄를

까닭 없이 지었으나

남의 것을 탐하지 않았으며

부러워하지 않았으며

게으름 피우지 않았으며

열심히 땀을 흘려 살아왔으니

제발 살려주십시오

빈다

나의 신께 빈다

살고 싶다

정말 살고 싶다

허다하게 병치레를 해왔으니
시름시름 해왔으니
한 번쯤은 병들지 않은 몸으로
살고 싶다

살려만 주신다면
인간답게 살겠다고
나보다 더 힘든 이를 위해
헌신하는 삶을 살겠다고

가망이 희박하다는 수술대에 누워
혈관에 스며드는 마취제처럼
빈다
내 생을 지탱해준 신념, 나의 신께

미운 정 잔정을 떼어낸다

사람에게 붙은 정 중에서
가장 무서운 정이
곱디곱게 붙은 고운 정보다
밉디밉게 붙은 미운 정이라 하는데
언제 붙었는지도 모르는 잔정이라 하는데

언제 붙기 시작했을까
미성년자는 받지 않는다는
나이를 속여 열일곱 나이에 들어간
중랑천변 밀폐된 공장에서일까
화공약품 악취 코를 찌르던
구로동 허름한 공장에서일까
미세한 분진들 숨 막히게 하던
인천 부평의 하청 공장에서일까

어느 공장에서
어느 사이에
붙었는지도 모르게

폐 속 깊이 고질병이 되어 자리 잡은
미운 정을 떼어내고
잔정을 떼어낸다

살아도 그만이고 죽어도 그만인
이 나라 공장지대 같은
종합병원 흉부외과 수술대에 누워

의식을 다시 회복시키는 말

기적처럼 의식을 회복 중인 긴박한 중환자실
당직 간호사들이 주고받는 말을 꿈결인 듯 듣는다

난 여자인 줄 알았다
하도 몸이 야위어서 나도 여잔 줄 알았어
어쩌면 남자 몸이 이처럼 말랐을까
이런 몸으로 그 험한 수술을 받다니……

어찌 그리 몸이 약해졌냐고
그런 몸으로 힘든 일을 할 수 있겠느냐고
주야간 맞교대작업을 해낼 수 있겠느냐고
영세 공장을 전전하며 수없이 들어온 말!

힘겨운 내색을 해서는 안 되는
할당량을 채우려고 남들보다 더 열심이었던
쫓겨나지 않을까 전전긍긍한
끝내 버티지 못한
다시 갈 수 없는

공장을

떠나온 후
잃어버린 나의 의식을
다시 회복시키는 말을 듣는다

내 노동의 시여

하늘의 눈이 지켜보는 산하에서
날마다 찰나의 순간으로
어느덧 반백 년을 살아냈으니
주검의 기로 역시
어느 날 찰나의 순간으로
도적처럼 찾아오겠지
내 스스로 나의 주검을
확인하는 날이 오긴 올 테지
그러하겠지만 아직도
나의 육신은 여전히
노동에 팔팔한 심장을 꽂아놓고
나의 정신은 여전히
노동이 깃든 시를 고민하고 있다네
자본 앞에서 아름다운
노동이 깃든 시를 고민하고 있다네

그러하니 내 노동의 시여!

이 몸이 죽어 흙으로 돌아가기 전에는
주검은 추호도 생각하지 말아라
죽어질 때까지 한몸 되어
너와 나 한 마당 질펀하게
살아가는 노래를 불러라

제대로 한번 살아야겠다

인천작가회의 고문 강태열 시인 장례식장
문상 드리러 간 자리
이게 얼마만이냐고
무려 이십여 년만이라고
김사인 형이 반가워한다
볼이 들어가고 턱뼈만 앙상했던 지난날
내 얼굴 모양을 양손으로 그려 보이며
야위었던 얼굴이 통통해져 좋아졌다며

김사인 형 앞에
내 좋아진 얼굴을 보여주기까지
공장에서 일했을 때나
공장을 떠나 있었을 때나
오직 온갖 병치레로부터
살아나야겠다는 생각뿐이었다

수정 자본주의를
신자유주의 자본주의로 상승시킬 때

신자유주의 자본주의를
따뜻한 자본주의로 상승시킬 때
자본주의가 상승되어 갈수록
소외된 이들은 더욱 소외되어 갈 때
오직 온갖 병치레로부터
살아나야겠다는 생각뿐이었지만

공장에 있을 때 이십여 년
공장을 떠나 이십여 년
병든 사십여 년을 버텨 살아났으니
육십 나이를 바라보는 뒤쳐진 삶이지만
제대로 된 시 한 편 쓰듯 살아야겠다

시가 울 듯 울었다

나 울었다 시가 울 듯 울었다
바람 불어 더욱 추운 겨울밤
날이 추워 더욱 가난해진 밤
언 몸 녹여주는 농성투쟁 현장
젖은 모닥불 타들어가듯
시 낭송하며 울었다
아슬아슬한 고공농성투쟁 현장
GM대우 부평공장 정문 앞
해고 노동자 복직을 위한
시 낭송하며 울었다

IMF 시절, 대우자동차 인근에 살았다
구조조정 정리해고로
삶의 터전에서 내몰리는 노동자들을 보았다
공장 담에 매달린 장미넝쿨 같아서
비정규직을 위한 노래
〈향기를 주마〉 노랫말의 근원이 된
시 「급소」와 「향기」를 지었다

십여 년 세월이 훌쩍 넘었는데
대우자동차에서
GM대우로 달라졌는데
희생 불가능하게 생각되던
시 낭송하는 것은
꿈에도 생각하지 못했던
내 건강도 좋아졌는데

십여 년 전이나 지금이나
달라지지 않은 해고 노동자
원직 복직을 위해
시가 울 듯 울었다

내 시가 너무 고상하다

팔십년 대
민주화운동 노동운동이 뜨거웠다
민중시 노동시가 절실했다
대기업 노동 현장에 노동조합이 결성되고
중소기업 노동 현장에도 노동조합이 결성되었다

나도 말하고 싶었다
말마저 못한다면 미쳐버릴 것만 같았다
노동조합마저 결성할 수 없는 노동 현장에서
쓰다버린 포장지 파지에 나의 시를 기록했다

시행 첫해부터 요양보호사로 일하고 있는
마누라가 말하고 싶었나보다
말이 듣기 좋은 요양보호사지
약간의 돈을 받는 시간제 몸종
거동이 불편한 몸들
똥 기저귀 갈아주고 빨아주고
목욕시켜주고 옷 갈아입혀주고

밥 먹여주고 말벗 되어주는 노동
정도로만 알았는데

사지 멀쩡하고 몸 멀쩡하지만
치매가 와서 보호대상자가 된 팔십 노인네가
시도 때도 없이 벗어 내리고
"한번 줘!" 한단다

그동안 써온 내 시가 너무 고상하다

고향을 떠나오듯

태어난 고향보다
더 오랜
세월을 살아온

4공단 주변 부평 땅을 떠나
말로만 들어온
낯선 땅 김포로 이사왔네

왜 갑자기 김포로 가느냐
의아해 하는 인연들에게
그냥 김포가 좋을 것 같아서라 했네

요양차 떠나는 것이라 하면
맘 아파할까 보아
중병 든 사실 숨기고서

그 언제 다시 돌아가
노동을 이야기하고

시를 이야기할 수 있을까

뒤돌아보지 말아야지
뒤돌아보며
고향을 떠나오듯 떠나왔네

부초(浮草)

지금으로부터 서른다섯 해 전

스물두 살 되던 해 어느 겨울날이었다네

매연과 악취를 벗 삼아 공장에서 주야간 노동으로

하루하루를 때워가던 늘 춥고 배고프던 때였지

폐결핵 검진 엑스레이 필름이 담긴 병원봉투를 움켜쥐고

영등포역에서 수원행 전철을 기다리고 있었던 거야

기다리는 전철은 냉큼 오지 않고 승강장 저편으로부터

그녀가 성큼성큼 내 곁으로 다가왔다네.

내리기 싫은 눈 억지로 내리듯 진눈깨비 내리던 날

가문 좋고 배경 좋고 배움 많은 장래가 창창한 그녀

앞날이 캄캄하기만 한 이 공돌이 놈을

수련의로 잘못 알고 연인으로 다가왔던 거라네

몸에 배어버린 공장의 화공약품 크레졸 소독약 냄새와

공교롭게도 손에 들고 있던 그놈의 폐결핵 검진 병원봉투가

철썩같이 수련의로 보이게 했던 거지

아둔하게도 정이 담뿍 들어버린 후에서야

가까스로 이 사실을 알 수 있었던 난

서둘러 그녀 곁을 떠나주어야 했다네

수련의가 아니라 한낱 병든 공돌이일 뿐이라고

빛바랜 나뭇잎 나풀나풀 떨어지던 가을날
나는 성큼성큼 그녀 곁을 떠나고 있었다네
그녀 따라 난생 처음으로 가본 그녀의 모교라 하던
대학교 연못가에 마지막으로 나란히 나앉아
물풀 뜬 연못 위에 풍화된 잔돌들을 던져 넣으며

무덤

왜 자꾸 그렇다는 생각이 드는지 몰라
분명히 그 무덤은 내 무덤이 아닌 게 확실한데
어쩌면 그 무덤은 내 무덤이라는 생각이 든다네

어린 시절 어른들 말씀에 의해 알게 된
비석 가에 뗏장 풀이 무성했던
6 · 25 전쟁터 공동묘지
어느 이름 모를 학도병의 무덤
유난히 봉분이 낮았지
그 낮은 봉분이 좋아서
틈만 나면 찾아가 오르락내리락 놀았지
내 것인 양 반질반질하게 놀았지

이담에 내 주검 묻힌 무덤에
찾아와 노는
그 어느 어린아이 있어
내 무덤 봉분 반질반질 낮아졌으면

그 아이 그렇게 어른이 되었으면

제3부

숨결들이 보이지 않는다

눈물 나게 하던 숨결들이 보이지 않는다

머리띠를 동여매고 어깨띠를 둘러맨
붉은 글씨 그 뜨거움이
쏟아지는 최루탄 사이를 뚫고
낮은 어깨 낮은 어깨 서로 엮어
어깨동무하고 나아가던 도도한 숨결들이

지금 우리가 있는 이곳엔
아직도 여전히 돌아가면 돌아갈수록 더욱 아득해지는
공장들이 다닥다닥 늘어서 있고
그 공장들을 목이 빠져라 바라보고 사는
공단마을 달동네가 있고
그 달동네 방 한 칸에 부엌 한 칸 벌집으로 가는
좁은 골목골목 길이 얼기설기 얽혀 있고
그 골목길에 땀 젖은 발길들이 터덜터덜 가고 있는데

희망버스에 승차하지 못한 날

고질병은 치료되었으나
무리하면 안 좋다는 처방에 따라
한진중공업 비정규직 해고 노동자
정규직 전환과 복직을 위한
희망버스에 승차하지 못한 날

우린 군사정권 시대로 돌아가
케케묵었으나 결코 케케묵지 않은
언쟁을 벌인다

희망버스에 대해
나는 공생을 위한 것이라 하고
그는 질서를 어지럽히는 짓이라 한다
고공 크레인에 오른 김진숙을
나는 이웃을 위해 자신을 희생하는 투사라 하고
그는 선량한 이들을 선동하는 빨갱이라 한다

그는, 희망버스와 김진숙을 호평하는

나 역시 빨갱이나 다름없다 하고
나는, 희망버스와 김진숙을 악평하는
그 역시 극단 보수주의자나 다름없다 한다

우린 하나님을 믿으며
그는 목사이고 나는 성도다

밥은 촛불이고 촛불은 밥이다

양초 심지에 살포시 불이 붙은 것이 촛불이다
그 촛불 들고 밥을 위해 거리로 내몰린
발걸음들을 '촛불시위' 라 감히 말하지 말라
밥은 촛불이고 촛불은 밥이다

맞교대 주야간 작업장에서 48시간 연장 노동을 해야
그럭저럭 살아갈 수 있던 한창 팔팔하던 청년 시절
촛불이 타올랐지 전지전능하신 하나님께
"이 놈의 처자식에게도 싸구려 분식집에서나마
외식 한번 제대로 할 수 있게 해 주세요."
소원을 빌던 교회 예배당 안에서 촛불이 타올랐지
신비하였어라 신성하였어라 거룩하였어라
밥을 위한 기도를 위해 제 몸을 불태워주던
가난한 나의 한 자루 촛불이여
그러나,

촛불은, 만인의 밥을 위한 촛불은,
갇히어서 예배당 안을 밝히는 것이 아니다

정전(停電)된 집구석 잠시 밝혀주는 것이 아니다
내 몫의 소찬 밥마저 넘보는 무소불위의 권력이
억수로 쏟아진다 해도
태풍이 되어 불어닥친다 해도
결코 억지로 기름 먹인 횃불이 되지 않는 것
내 밥을 거리에서 찾을 수밖에 없는
거리에 내몰린 백성과 함께
마지막 심지까지 분신하는 것
꺼질세라 감싸 안은 종이컵이
무쇠 가마솥이 될 때까지 한 줌의 재가 되는 것

신비하지 않게, 신성하지 않게, 거룩하지 않게,

투쟁

너와 내가 우리가 되었기에
흩어지지 않고 무리를 지었기에
목숨을 내놓고 대열을 지켰기에
모천으로 당당하게 나아가는
우리는 바다의 시마송어*
산란하러 나아간다 나아간다
고단하고 지난한 이 여정이
얼마나 성공할지 아무도 모른다
잡혀먹히며 잡혀먹히며
죽은 자가 산 자보다 더 많은
험한 바닷길을 헤쳐 나아왔듯
드넓은 바다를 주름잡아 살아왔듯
승패를 미리 가늠하지 않는다
무수한 장애물과 맞서가며
다다라 산란을 할 때까지
목숨을 부지할 수 있을지
계산하여 따져보지 않는다
누가 죽고 누가 살아남아

모천에 다다를지 모르는 길

무조건, 무조건, 모천으로 나아간다

* 시마송어 : 산천어 암컷. 태어난 계곡에서 평생 살고 있는 수컷과 달리 바다로 나가 살다 모천으로 돌아와 산란하고 일생을 마친다.

거룩한 고문

열일곱 살이 되던 해 5월 5일 어린이날
'시대복장' 부산지점 신사복 코너
점원으로 어린 꿈을 키워나가던,
밥값을 떼고 나면 남는 것이 없어
고향 집에 부쳐드릴 수 없는 품삯
아끼느라 떡볶이로 점심을 때우고 라면으로 저녁을 때운 그날.
지나쳐가는 사람들 눈에 진열된 상품 잘 보이도록
훤하게 설치된 매장 외벽 진열대의 거대한 유리창
밥줄로 여겨 문을 열기 전 매일 새벽 안팎으로 닦고 닦는
거기에 만취한 군바리는 어이하여 오줌을 갈겼을까
나는 왜 그걸 말렸을까 그리고 다툼이 되었을까
(아마도 군바리는 술에 취해서였겠지만
나는 밥줄이 걸려 있는 문제였기 때문이었을 거야)
함께 일하던 형들은 무엇 때문에 뛰쳐나와 군바리를 두들겨 팼을까
그날에, 나는 현행범으로 경찰들에 의해 수갑이 차이고
세 명 이상 폭력조직이라는 특별가중법이 적용된 흉악범이

되고

또 다른 사건에 연루된 범인이 아닌가 여죄를 캐내겠다는
이들은

얼굴에 수건 올려놓고 주전자로 물 살살 콧속으로 흘려 넣기
번갈아가며 며칠이고 물어보았던 것 반복해서 물어보기
별의별 육체적 심리적 고문을 해왔지
(사상범도 아닌 정치범도 아닌 흉기도 안 든 우연히 저지른
한낱 열일곱 살 맨주먹 폭력범인데)
어쩌지 못하고 고스란히 감당해야 하는 고문이란
언제나 얼떨결에 우연히 물들어오는 것
그리하여 마냥 공포스럽고 고통스러운 거라네
허어 그런데, 오늘 세상의 허다한 고문들이 나에게 물들어
오네
일용직 노동자, 비정규직 노동자, 이주 노동자, 해고 노동자
달동네 독거노인, 노숙자, 탈북자 ……

춥고 배고프고 헐벗고 제대로 누울 곳조차 없는 하나님이
나에게 물들이는 거룩한 고문이네

비무장지대

1953년 7월 27일
6 · 25전쟁 휴전협정 전문 1조에 의해
한반도로부터 격리된 민족의 유배지
나는 이제 그 유배지에서
누군가와 마주하여
제기를 차고 그네를 타고 널을 뛰고 싶다

한반도 허리를 동서로 가로지른
248km 군사분계선을 따라 그은
남쪽으로 2km 남방한계선이라 했느냐
북쪽으로 2km 북방한계선이라 했느냐
10리길 폭 비무장지대여
가로질러 갈 수만 있다면
가다가 골백번 발병 나도 좋으리

총칼보다 예리하고
뇌관보다 민감한
비전투지역 비무장지대여

너는 언제까지
이념의 무기로
사상의 무기로
분단의 무기로
발길을 막아 놓을 것이냐
민족의 통일을 통제할 것이냐

너의 무장은 철갑보다 단단하여
한없이 막막하고 캄캄하구나

간절히 열망한다 너의 해체를
가로질러 가다가 죽어도 좋을 비무장지대여!

나는 언제나 빨갱이가 될 것이다

어린 시절 초승달 기운 밤 되면
뒷간에 가기가 무서워 어머니를 대동했다
6 · 25 때 어른들이 겪었다는 빨갱이가 나타나
밤에 용변 보는 것을 죄로 뒤집어 씌어
인민재판에 붙여 죽창으로 죽일 것 같았다

빨갱이!
그 무서운 소리를 다시 듣는다

촛불시위를 빨갱이라 한다
비정규직 철폐운동을 빨갱이라 한다
노동운동을 빨갱이라 한다
4대강 정비사업 반대
환경운동을 빨갱이라 한다
제주도 해군기지 건설 반대
평화운동을 빨갱이라 한다
이들의 뜻에 함께하는 것을
이들의 뜻을 두둔하는 것을

이들의 뜻을 경청하는 것을 빨갱이라 한다
종북좌파 세력 빨갱이라 한다
어린 시절 뒷간으로 용변 보러갈 때
그토록 무섭던 빨갱이가
이들이라면, 정말 이들이라면

나는 언제나 빨갱이가 될 것이다

천막 기도

남한에 와 보니
도룡뇽을 위해서도 촛불집회를 하던데
동족의 고통에 이토록 무관심한 것이
참으로 신기합니다

아무것도 해결될 기미가 없는
서울 효자동 주한 중국 대사관
맞은편 옥인교회 앞
천막 기도처

탈북여성 이애란 씨 기도드린다
제발
중국이 탈북자들을
북송하지 않도록 해 주세요

오고가는 발길들 힐끗힐끗 지나쳐가는
천막 기도를

어머니가 우신다

"난 안 운다! 울지 않는다!"

어머니가 난 안 운다며 울지 않는다며
우신다
6 · 25전쟁 그 북새통에 헤어진
코흘리개 어린아이였던 아들을
남북이산가족 상봉장에서 만난
구순 나이 늙고 구부러진 어머니

품 떠난 지 오십 년만에
북에서 온 아들을
칠순이 되어 온 아들을 부여안고
난 안 운다 울지 않는다며
우신다

맛없는 자장면*

하루 벌어 하루를 살아가는 날품팔이 골목에
맛이 없으면 값을 받지 않습니다 라는
간판이 붙어 있는 허름한 중국집이 있습니다
거북이 등짝 같은 손마디 거친 할아버지
자신의 그릇에 있는 자장면을
자꾸만 손자의 그릇에 덜어 줍니다
대화를 들어보니 아이는 부모 없이
할아버지와 단둘이 살고 있는 것 같습니다
안쓰럽게 지켜보던 중국집 주인
주방으로 들어가 자장면 맛을 보고
주방장! 오늘 자장면 맛이 형편없구먼!
이래가지고 손님한테 값을 받을 수 있겠나
진실보다 더 뭉클한 거짓말 한마디 던지고
할아버지와 손자 앞으로 다가왔습니다
오늘 자장면 맛이 별로 없습니다
다음엔 정말 맛있는 자장면을 대접하겠습니다
값을 받지 않을 테니 그냥 가십시오

손자의 손을 잡고 문을 나서는 할아버지께
허리 굽혀 정중하게 배웅을 했습니다

* 사회에 회자되고 있는 이야기를 시의 형식으로 재구성했음.

재활용센터

허구한 날 단속에 쫓기는
노상의 노동이 피곤하고 졸리워서
가끔 눈을 감고 팔기도 하는
손수레 김밥장수 부부가
재활용센터에서 마주보고
한없이 즐거워하고 있습니다
누군가가 입다 버린 낡은 헌옷가지
어린 딸들에게 사 입히고
이 세상 행복을 독차지한 것처럼
한참을 마주보고 행복해하고 있습니다
즐거워하고 행복해하는 얼굴에
엄마를 돕겠다고 서툰 빨래를 하는
어린 조막손이 아른거리고
고단한 아빠의 단칸방 잠 깰까보아
살금살금 치켜들고 걷는
어린 까치발 소리가 들려옵니다

푸성귀

팔순 할머니의 한 끼 식사가 될 푸성귀
골목길 골판지 위에서 팔려가길 기다리고 있다
그러나 냉큼 눈독 들이는 이가 없다
골판지 위에 팔월 뙤약볕은 내려 쪼이고
푸성귀는 속절없이 시들어가고 있다

한때 파릇파릇 팔팔했던 팔순 할머니의 삶!

엄동설한

달동네 단칸 셋방 독거 할머니

달랑,
한 장 남은
금이 간 연탄
부서질세라
조심조심
노끈으로 동여매시네

고드름

천지가 꽁꽁 얼어붙어버린
막막한 날

제 몸을 죽이고 죽여
낮은 곳으로 낮은 곳으로
임하고 있어요

영롱하게
제 생을
키워가고 있어요

종합병원

애꿎은 이들끼리 삿대질을 하고 있다

쌓아놓은 재산 많은데 내버려 둔 채로
죽을 수는 없다며
죽더라도 해외 진료 한 번 받아보고 죽겠다며
돈 보따리 싸 들고
출국하는 이들도 많다는데
여전히 아픈 이들로 북적대는 종합병원

가난한 자식 걱정 덜어주겠다고
홀로 숨겨오며 참아온 고질병이 도져
급하게 된 피골상접한 늙은 노모
황망히 업고 온 초췌한 작업복과
잡다한 병원 일 보살피는 피폐한 경비복이
종합병원 현관 앞에서
서로 핏대를 올리며 삿대질을 하고 있다

어째서 다 죽어가는 목숨 태평하게 대하느냐

잡일이나 보아주는 내가 무슨 힘이 있느냐

이게 무슨 사람 고치는 종합병원이냐
내가 무슨 환자를 볼 수 있는 의사나 되느냐

죽기로 마음먹은 사랑

옥수수 알갱이들이 튼실하게 영글어 가는
옥수수 잎사귀 위에서
사마귀 한 쌍이 사랑을 나누고 있었다
그 사랑이 이미 오랜 시간 진전되어 왔는지
암놈이 수놈의 몸뚱아리를
거의 다 먹어치워가고 있었다

사마귀가 사랑을 나눌 땐
태어날 새끼들을 위해
죽기로 마음먹고 시작한다지 않는가
그리하여 수놈이 암놈의 먹잇감이 되어
암놈이 수놈을 다 먹어 치워야
그 사랑이 비로소 끝난다 하지 않는가

죽기로 마음먹은 사랑을 한 끝에
홀로된 저 암놈 역시
머지않아 이 옥수수 잎사귀 위에
제 몸 스스로 새끼들의 먹잇감이 될

알집 하나 남겨놓고 생을 마감할 것이다

그리고 계절이 한 순배 돌고 나면
죽기로 마음먹은 그 사랑을 이어 갈
새끼 사마귀들이 하나 둘 태어나
옥수수 알갱이들이 튼실하게 영글어가는
옥수수 잎사귀 위에서

죽기로 마음먹은 그 사랑을 다시 시작할 것이다

먹는 법

갓난아기가 엄마의 젖을 대하듯이

배가 고파
젖꼭지를 물었다가도
배를 채우고 나면
더 이상
한 모금도 탐내지 않듯이

미련 없이
물었던 젖꼭지에서 물러나듯이

민주가 자본에게

민주가 자본에게 선언한다

우리 대한민국의 민주 국민은
사회주의와 공산주의를 배척하듯이
민주를 착취하는 자본주의도 배척한다
민주가 자본을 위해 존재하는 것이 아니라
자본이 민주를 위해 존재하는

진정한 민주주의를 선언한다

솔개그늘

반 토막은 어디로 갔는지
지렁이 반 토막이

가을걷이 마친
수수 밭길 위에서

한 무리 개미들에게
뜯기고 있습니다

뜯기는 모습에
발길을 멈추자니

어서 가자고
어서 가자고

뜯기는 지렁이
반 토막 위로

조각구름 하나
솔개그늘 되어

훠이— 훠이—
흘러갑니다

제4부

차가운 사랑

차가운 사랑이
먼 숲을 뜨겁게 달굽니다
어미 곰이 애지중지 침을 발라 기르던
새끼를 데리고 산딸기가 있는 먼 숲에 왔습니다
어린 새끼 산딸기를 따먹느라 어미를 잊었습니다
그 틈을 타 어미 곰
몰래 새끼 곁을 떠납니다
어미가 떠난 곳에
새끼 혼자 살아갈 수 있는 길이 놓였습니다
버려야 할 때 버리는 것이
안아야 할 때 안는 것보다
더욱 힘들다는 그 길이
새끼 앞에 먼 숲이 되어 있습니다
탯줄을 끊어 자궁 밖 세상으로 내놓던
걸음마를 배울 때 잡은 손을 놓아주던
차가운 사랑이
먼 숲을 울창하게 만듭니다

오래된 생각

좋은 결과를 보기 희박하다는
수술 받을 날을 잡아놓고
주변 정리를 하는 맘으로
병원 침상에 묶인 채로
치매와 뇌경색을 앓고 계신
어머니를 뵈러 간 자리

함께 간 며느리를 보고
아줌마는 누구냐고 묻는 어머니
함께 간 손자를 보고
총각은 누구냐고 묻는 어머니
내가 누구냐고 묻는 나에게
제 자식도 몰라보는 어미가
이 세상에 어디 있느냐는 듯
"둘째 아들 세훈이지" 또렷이 대답하신다
덧붙여서 간병인에게
"우리 아들 시인이유"라고 소개까지 한다

시인!

뇌경색과 극심한 치매를

앓고 있는 어머니가

나를 시인으로 기억하고 있다니

시인을 그 무슨 대단한 존재로 생각하고

자랑삼아 소개까지 하다니

빨리 돌아가셔야 하는데

돌아가신 후 내가 죽어야 하는데

임종을 지켜드린 후 죽어야 하는데

내가 먼저 죽으면 어쩌나

나 먼저 죽어 찾아뵙지 못하면

왜 이리 안 오느냐고

무척 기다리실 텐데

오래된 생각이었는데,

봄날이 눈부셔 눈물 납니다

화창해서 눈이 부신 봄날
쉰네 살 아들 엄마 뵈러 갑니다

먹고 살기 바쁘다
돈 벌어야 한다

수발들어 드리지 못하고 입원시킨
치매 걸린 엄마 뵈러 갑니다

뵈러 가는 길 산허리 돌아 굽이굽이
연분홍 아기 진달래 피었습니다

엄마가 좋아하는 할미꽃도 피었습니다
자식을 업어주는 모습으로 피었습니다

봄날이 눈부셔 눈물 납니다

봄바람이 분다

누가 그리운 것이냐
봄밤 가로수 벚꽃나무여
가로등 불빛은 희미한데
어이 하얀 꽃 이파리 나폴거리는가

봄날 봄볕 벚꽃 피워내듯
날 낳아 키워주신 백발 어머니
다시 한겨울을 난 녹슨 치매 병상 위에
넋 나간 오줌똥 문질러놓고 있는 시간

누가 그리운 것이냐
봄밤 가로수 벚꽃나무 사잇길을 사려가는 나여
어이 나폴거리는 하얀 꽃 이파리
차마 받쳐 들지 못하는가

봄비가 떠난 아침

사분사분
밤을 지새워
노동을 수놓은
봄비가 떠났다

꽃을 피워 놓으려 했나
꽃봉오리에
봄비가 밤새 흘리고 간
땀방울
아롱아롱 맺혔다

땀방울은
흘리다가
더 이상 흘릴 수 없을 때
맺히는 것
은은하게 맺히는 것

평생을

땀방울로 지새운

어머니가

나를 꽃봉오리로 남겨놓고

저 하늘로 떠나셨다

봄비가 떠난 아침, 사분사분히

바다

사랑에
사무침이 있다면

그 사무침은
결코 가두어두지 않는 것

가슴속 아득히
담아두고

드넓게 드넓게
소용돌이치는 것

그리하여,

세상의 고단한 눈물 삼키고
스며든 작은 물방울들

아픈 상처

어루만져주어

공존의 마을을
이루는 것

무지개로
마을을 하늘에 닿게 하는 것

흉터

나에게 뿐만이 아니라
남에게도 보이기 싫은

아주 오래된 흉터가

가장 잘 보이는 곳에
버티고 있습니다

이제,

나는 이 흉터를
사랑할 수밖에 없습니다

아득한 흔적

천지개벽할 듯 퍼붓던
소나기 그치고
다시 햇살 뜨겁게
내리쬐는 여름 한낮

소나기가 고인 한 뼘 크기 웅덩이
흙이 곱게 가라앉아
맑아진 물 위로
하늘도 비치고 구름도 비쳤겠지

뜨거운 햇살에
물과 함께
하늘도 마르고
구름도 마르고

모두가
말라버린 자리를
꿈틀꿈틀 기어간
지렁이의 아득한 흔적!

봄 동산

이름 모를 새싹들이

옹기종기 돋아난

풀섶에

아가가 엉거주춤

용변을 보고 있습니다

그러자,

살랑살랑 향기로운 봄바람이 불어오고

주변의 모든 것들이 활짝 웃었습니다

화해

딱히 그 나무 이름은 기억나지 않지만
마지막 낙엽이 떨어지고 있었어

낙엽은 가을에 지어 가을에 떨어진다 했는데
이놈은 한겨울에 떨어졌던 거야

그것도 바람에 의해서가 아니라
그렇다고 눈비에 의해서가 아니라

남들은 다 떠나도 난 못 떠나겠다고
이유 없는 억지와 오기를 부려대듯

앙상한 가지 위에 꼼짝 않고
매달려 있던 마지막 낙엽이

하늘 맑고 고요하여 청청한 날
제 몸 스스로 떨어져 내리고 있었어

백중(百中)

산사에 이르기에는 아직 먼 초입이다

지옥에 떨어진 어머니를 위해
목련존자 천도의 밧줄 내려 보내고
함께 천도 받고 싶어 매달리는
망혼들 떨어뜨리다가
어머니 그만 다시 지옥으로 떨어진
산사로 굽이굽이 올라가는 길

일체중생을 모두 다함께
천도하고자 하는
목련존자의 정성이 담긴 밧줄처럼
백중 비 내리는데

그 어느 삼세(三世)의 인연인가
망혼들이 넘쳐 아우성치듯
계곡물이 넘쳐흐르는 천변
교미 붙은 구렁이 앞에서

잡혀 먹힐 자세로
만삭의 두꺼비가 기다리고 있네

나는

지나가는 바람 막지 말아라

지는 꽃 부여잡지 말아라

흘러가는 구름에

서러워하지 말고

흐르는 물결에

내 맘을 실어보지 말아라

나는,

내 발길에

나의 목을 매어라

첫눈

이 세상 그 어느 것과도
바꾸지 않겠다

뜨거움을 사모하다가
사모하다가

하얀 각혈로
내 식어버린 가슴에

널브러진
순결이여

이 세상 그 어느 것과도
바꾸지 않겠다

'옛 고을' 호미

'옛 고을' 민속 주점 들창 가 말코지에
날이 반쯤 닳아 무디어진 호미 하나 걸려 있다
걸어둔 이는 어떠한 의미로 걸어두었는지
속내를 잘 모르겠지만
그 호미 보고 싶어
나 이따금 찾아가곤 한다

고사리손을 가졌던 어릴 적
함께 텃밭의 풀을 매시던 아버지
새 호미를 고집하는 나에게
새 호미는
날이 너무 꼿꼿하여 위험하다며
일손을 다치게 하고
곡식을 다치게도 한다며
한사코 바꿔 쥐어주시던
날이 반쯤 닳아 무디어진 호미!

지천명을 훨씬 넘긴 나이에
걸맞지 않게 꼿꼿해지고픈 마음
다스리기 위해
'옛 고을' 호미를 찾아가 보곤 한다

바람

바람이 속삭인다
내 호주머니 속에서

은행나무처럼
길가에 서 있는 나에게

돌아가자고
호주머니 속의 내 빈손을 흔들어댄다

넓디넓은 팔차선 도로 위에
버스는 무수히 지나가고

무심한
겨울도 지나가는데

갈 곳 없는 은행나무 가로수
휑한 하늘만 바라보듯

호주머니 속에 두 손 찔러 넣고

교통카드 한 장 만지작거리고 있는 나에게

도시는 너무 춥다고

고향 산천으로 돌아가잔다

첫사랑

녀석이 나보다
부잣집 아들이었다는 것도
학업을 많이 쌓았다는 것도
돈을 많이 벌었다는 것도
그 어느 것 하나도 부럽지 않았다

다만, 녀석이
내 끝내 좋아한다는 그 말 한마디
전하지 못한 그녀와
한 쌍이 되었다는 소식이 들려왔을 적

난 그만
녀석이 참으로 부러워
쉽게 울어버렸다

■ 해설

'풍만한 노동'을 위한 시적 상상력

고영직

정세훈은 데뷔 이후 지금껏 민중의 '생활주의'를 구현하는 시편들을 써온 시인이다. 민중의 생활주의적 감각에 근거한 정세훈의 시적 행보는 1990년대 이후 우리 시단에서 희유(稀有)한 것이라고 할 수 있다. 시집 『맑은 하늘을 보면』(1990)을 비롯한 다수 시편들에서 정세훈이 보여준 이러한 민중의 생활주의는 일상의 노동 경험을 상상력의 젖줄로 삼아 특유의 소박성과 원시성의 미학을 보여주는 방식으로 드러난 바 있다.

정세훈 시 고유의 이러한 미학적 특징은 1989년 『노동해방문학』 5월호에 발표한 데뷔작 「별따기」와 초기 대표작 「맑은 하늘을 보면」 같은 시들에서 여실히 확인할 수 있다. "맑은 하늘을 보면/걱정이 생겨/슬픔도 생겨/어디선가 갑자기/구름들이 달려와/하늘을/온통 덮어버릴 것만 같구먼."(시 「맑은 하늘을 보면」 전문) 저 하늘의 "맑은 하늘"을 보면서도 "구름들"로 표상되는 갖은 생활난(生活難)을 예감하는 정세훈의 생활주의적 태도는 고된 노동과 질긴 삶을 온몸으로 살아내지 않고서는 얻어질 수 없는 시적 감각이라고 보아야 옳다. 그런 이유 때문일까. 이 시에 드러난 "맑은 하늘"의 이미지는 갖은 기교를 동원한 어떤 시적 표현보다 소박하지만 강렬한 심상으로 당대 독자들의 내면에 육박하는 시적 효과를 발휘하였다. 시인 스스로 중소 규모 공장 현장에서 얼굴에 땀을 흘리며 일을 해야 하는 노동자로서의 슬픔과 분노를 노래한 순정한 마음의 표현이라고 할 수 있기 때문이다. 신작시집 『부평 4공단 여공』에 실린 다음 표현을 보라. "나도 말하고 싶었다/말마저 못한다면 미쳐버릴 것만 같았다/노동조합마저 결성할 수 없는 노동현장에서/쓰다버린 포장지 파지에 나의 시를 기록했다"(「내 시가 너무 고상하다」)는 진술은 정세훈 시의 내밀한 기원과 가치지향을 잘 보여준다. 그런 점에서 정세훈의 1980년대 노동시를 소위 '진정성 레짐'의 시대가 낳은 시적 산물로 보아도 큰 무리는 없을 터이다.

정세훈 시의 이러한 민중적 생활주의는 온당한 비평적 관심을 받지 못한 것 같다. 소위 '투쟁'의 국면을 갖고서 민중의 실체를 보려 한 1980년대 문학판에서는 말할 것도 없고, 신(新)서정의 문법과 미래파의 새로운 감각에 요동쳤던 1990년대 시단에서도 민중의 생활주의는 비평적 관심 대상이 아니었다. 가령 노동자의 현실을 다룬 1980년대 노동시의 성과를 말할 때, 박노해와 박영근을 먼저 언급하는 것도 그런 사례에 속한다.

그러나 정세훈의 시와 삶 자체가 지향하는 민중의 생활주의란 삶의 어떤 국면에서의 극적 성과로 수렴되는 것을 추구하는 것이 아니며, 시와 삶 모두에 있어서 여일(如一)한 자세로 자기 혁신을 부단히 수행하려는 일종의 점수(漸修)적 수행 태도에

가깝다고 말할 수 있다. 이 점에서 재일조선인 역사학자 조경달이 『민중과 유토피아』에서 말한 다음의 진술은 정세훈이 지향하는 민중적 생활주의에 대한 적절한 언급이라고 할 수 있다. "아무리 난세를 살고 부조리한 억압과 빈곤에 처해 있더라도, 민중은 필사적으로 그 운명을 견디며, 폭력적인 수단에 쉽사리 의존할 수 없었다는 사실을 인식해야 한다."

1980년대에서조차 민중의 진정한 일상성을 주목하지 못한 우리 시단의 현실을 감안할 때, 위 진술의 문맥을 지나간 시간에 대한 사후적 알리바이로 치부하려는 태도는 온당하지 않다. 적어도 정세훈의 시와 삶에 대해 그러한 혐의를 두는 것 자체가 온당한 일은 아닐 것이다. 이번 시집 『부평 4공단 여공』은 그 생생한 실체라고 단언할 수 있다. 시집 『부평 4공단 여공』은 마침내 '자기의 시대'가 도래한 시인의 시적 비전을 유감없이 느낄 수 있으리라고 단언할 수 있다. 정세훈이 지향하는 시적 비전은 한 마디로 말해 '좋은 노동(good work)'에 관한 염원이라고 할 수 있다. 노동 현장 체험에서 발병한 병마(病魔)와 오래도록 싸우며 죽다 살아난 시인의 고통스러운 투병생활과 사유 과정이 행간마다 묻어나기에 감히 전적으로 신뢰할 수 있다고 단언해도 좋다. 시인 또한 「시인의 말」에서 "재생된 삶이니 더욱 공공선(公共善)에 투신하고 헌신하며 살아야겠다"고 다짐하지 않던가.

좋은 노동은 시대의 공안(公案)이다. 푸어(poor) 공화국의 실상이란 일체의 좋은 노동을 보장하지 않으려는 소위 시장사회의 온갖 횡포에서 비롯한다. 이런 사회에 사는 민중들은 "노동을 하지 않으면 삶은 부패한다. 그러나 영혼 없는 노동을 하면 삶은 질식되어 죽어간다"고 말한 A.까뮈의 말처럼, 한 사람의 인간으로서 제대로 삶 자체를 누릴 수가 없는 노릇이다. 정세훈 시인은 이번 시집의 1~2부 시편들에서 '영혼 없는 노동'을 해야 하는 이 땅 다수 민중들의 여전한 삶의 실상에 대해 집중적으로 애정을 쏟는다.

물론 세상은 변했다. 정세훈 시인이 "중랑천변 밀폐된 공장" "구로동 허름한 공장" "인천 부평의 하청 공장"(「미운 정 잔정을 떼어낸다」)을 전전하던 스무 해 전의 공단은 이제 "최첨단 시스템 빌딩이/독차지한 자리"(「공장이 있던 자리」)로 변했고, "대우자동차에서/GM대우로 달라졌"(「시가 울 듯 울었다」)으며, 한국인 노동자를 대체한 "젊은 방글라데시 이주민 노동"(「그리운 노동」)으로 그 양상들이 바뀌었다. 탈(脫)물질 노동과 이주 노동이 전경화된 것이다. 그러나 노동자의 삶은 예나 지금이나 크게 다르지 않으며, 오히려 더 나빠졌다고 보아야 맞다. "이 땅의 피땀 값"(「2012년 노동판」)을 함부로 취급하려는 시장전체주의적 질서는 마치 시대의 당위적 윤리처럼 견고히 작동하는 것이다.

정세훈은 이런 침통한 세상에 대해 시인으로서 '아래로부터의' 시선으로 시종하며 여일하게 응시하고자 한다. "말이 듣기 좋은 요양보호사지/약간의 돈을 받는 시간제 몸종"(「내 시가 너무 고상하다」)이라는 아내의 감정 노동의 양상을 생각하고, 착취당할 권리마저 잃을까 노심초사하는 이웃의 비정규직 노동자(「외상 노동」)의 모습을 응시하며, '폭포'의 낙하를 보며 "낙하하지 않으면/살아갈 수 없는//노동자여!"(「폭포」)라는 투사(projection)의 시적 사유를 자주 감행하곤 한다. 「폭포」에서 보듯이, 이러한 시점(view point)과 시상의 자연스러운 전개는 예의 민중적 생활주의의 자연스러운 발로를 보여주는 단적인 예라고 말할 수도 있다. 시인의 이러한 시적 태도는 시집의 표제작에서 아름답게 구현된다. 어쩌면 표제작은 정세훈 시의 득의의 성취라고 단언할 수 있다.

늘 그녀들로부터 위축되어 있었다
맘에 드는 상대가 나타나도
내 처지만 생각하면
적극적으로 나서질 못했다
가까이 접근을 하면
공돌이 주제를 파악하지 못하고 있다며
면박을 줄 것만 같아 그냥 지나치고 말았다
궁여지책으로 펜팔을 했다
펜팔 업체로부터 소개받은 그녀는
부평 4공단에서 여공으로 일하고 있었다
그립다, 보고 싶다, 사랑한다는 말 대신
연장작업, 휴일 특근작업, 36시간 교대작업,
공장생활의 고단한 이야기들이 오고갔다
아프지만 병원 갈 돈이 없다는 소식이 오고갔다
"아프지만"이란 소식에
그녀가 보고 싶어졌다
"병원 갈 돈이 없다"는 소식에
서로 사랑하게 되었다

—「부평 4공단 여공」 전문

아름답고도 감동적인 위 시에서 알 수 있듯이, 정세훈이 추구하는 민중의 생활주의는 결국 '사람 걱정[憂人]'을 하는 시쓰기와 참된 삶의 일치를 그 본질적 속성으로 한다고 감히 확언할 수 있다. 이것은 어쩌면 사람이 할 도리를 먼저 생각하려는 시인의 지극한 본성에서 비롯한다고 할 수 있으리라. "아프지만" "병원 갈 돈이 없다"는 부평 4공단 여공의 사연에 적극적으로 감응(感應)하고자 하는 시적 화자의 태도에서 우리가 누군가를 사랑하는 일이란 다른 누구도 아닌 오직 '당신' 한 사람을 사랑한다는 편향이야말로 사랑을 무조건적으로 만드는 전제가 될 수 있음을 생각하게 한다. 그렇지 않은 사랑은 어쩌면 위선이라고 간주해야 마땅하다.

위 시는 비슷한 착상에서 쓰였지만 내포하는 의미가 사뭇 다른 시인 「부초(浮草)」와 겹쳐 읽어야 제 맛이 난다. 여하튼 시집의 표제작인 이 작품은 표층적 의미를 넘어 그 심층적 의미를 적극적으로 해석할 필요가 있다. 그래야 왜 시인이 시와 삶의 일치를 지향하려는 시작 행위를 집요하게 해왔는지에 대해서는 물론이요, 이번 시집 출간이 갖는 새로운 '시적 선언'으로서의 의미에 대해서도 십분 이해할 수 있으리라고 확신한다. 그것은 너와 내가 서로가 진심으로 협력하고자 한다면, 위 시의 전언처럼 공통의 진리가 아니라 너와 내가 직면한 공통의 문제를 찾아내야 진정으로 화합하고 소통할 수 있다는 점을 여실히 보여주었다는 점이다. 타자와 공통의 문제에서 출발할 때에야 비로소 우리는 서로에 대한 이해 과정을 통해 공통의 행동을 취할 수 있는 것이다. 어쩌면 이것이 진정한 타자와의 연대를 이루는 인식과 이해의 출발점이 되어야 하는 것이 아닐까.

이러한 정세훈 시인의 시적 사유와 행동이 나의 영역을 넘어 사회적으로 확장된 형태가 일종의 시론 형식으로 쓰인 「내 노동의 시여」와 「제대로 한번 살아야겠다」 같은 시라고 할 수 있다. "이 몸이 죽어 흙으로 돌아가기 전에는/주검은 추호도 생각하지 말아라/죽어질 때까지 한몸 되어/너와 나 한 마당 질펀하게/살아가는 노래를 불러라"(「내 노동의 시여」)라든가, "공장에 있을 때 이십여 년/공장을 떠나 이십여 년/병든 사십여 년을 버텨 살아났으니/육십 나이를 바라보는 뒤쳐진 삶이지만/제대로 된 시 한 편 쓰듯 살아야겠다"(「제대로 한번 살아야겠다」) 같은 표현들을 보라. 정세훈 시인의 경우 너와 나의 관계가 그러하듯이, 시와 삶 또한 둘이되 하나인 길을 가고자 하는 것이다. 앞서 정세훈의 시와 삶의 일치를 지향하려는 경지를 일종의 점수적 수행에 견줄 수 있다고 말한 소이(所以)가 여기에 있다.

한편 정세훈의 『부평 4공단 여공』은 '좋은 노동'에 관한 시적 사유와 행동 그리고 고통스러운 고투의 산물이라고 할 수 있다. 정세훈의 이런 시적 지향은 시집 곳곳에 산포되어 있는데, 그 가운데서도 「풍만한 노동」, 「완전한 노동」, 「밥은 촛불이고 촛불은 밥이다」, 「바다」 같은 시들이 여기에 해당한다. 이 가운데 「풍만한 노동」과 「완전한 노동」은 시인이 지향하는 좋은 노동의 궁극적 실체와 그 과정에 이르는 길을 잘 보여주는 예가 아닐 수 없다.

i) 원초적인 슬픔과 분노
숭고한 부녀 간의 사랑

아름다운 세상
그리고 풍만한 노동을

—「풍만한 노동」 제4연

ii) 타인의 몸으로 하는 것이 아니고
온전히 자신의 몸으로 하는 것

기계의 힘을 빌리는 것이 아니고
온전히 자신의 힘으로 하는 것

피와 땀을 흘려야 하고
외롭기 한이 없는 짓이나

사랑하지 않으면 안될 사람과
밤을 밝혀가며 하는 것

—「완전한 노동」 전문

i)은 푸에리토리코 국립미술관 입구에 전시되어 있다는 피터 폴 루벤스의 작품 〈노인과 여인〉에서 착상을 얻은 작품이다. 이 시의 사연은 우리로 하여금 비통하면서도 형용할 수 없는 감정에 빠지게 한다. 시인은 죽음에 임박한 독립투사 아버지를 위해 감옥을 찾은 딸이 젖을 물리는 루벤스의 그림에서 "아름다운 세상"과 "풍만한 노동"의 지고지순한 구현 사례를 본다. 이 역설적 상황이라니! ii)는 i)과는 다르지만, 시인이 생각하는 좋은 노동에 이르는 과정에 대한 보편적인 심상 구조를 표현한 작품이다. 이 시편들에서 정세훈 시인은 육체 노

동을 혐오스러운 고통으로 취급하고 질 나쁜 노동으로 규정하려는 일체의 시도들에 대해 맞서고자 한다. 그리고는 무엇이 진짜 좋은 노동인지를 온몸으로 재규정하고자 한다. 최악의 악조건에서도 누구도 함부로 할 수 없는 '풍만한 노동'을 묵묵히 행하는 행위에서 우리는 좋은 노동에 대한 사람들의 태도는 타고난 천성이라는 점을 확인하게 된다. 시 「완전한 노동」 또한 이런 인식은 대동소이하다. 시집 『부평 4공단 여공』이 갖는 시사(詩史)적 의미는 바로 이러한 노동(자)에 대한 새로운 시적 사유의 경지를 보여준 점에서 찾아야 할 것이다. 시인은 갈수록 노동자의 궁핍화 경향을 부채질하는 시장적 질서에 맞서서 무엇이 진짜 좋은 노동이며 그런 좋은 노동이 존중되는 사회는 어떻게 가능한지를 시적으로 묻고자 한 것이라고 해야 하지 않을까.

한 사람의 시인이 "풍만한 노동"이 존중되는 "아름다운 세상"을 말하는 것은 쉬울 수 있다. 그리고 그런 세상을 '위하여' 타인과의 연대를 말하는 것 또한 어렵지 않을 수 있다. 그러나 우리는 그런 타인들과 함께 이웃의 일원으로서 '더불어' 살아가고자 한다는 것은 말처럼 쉬운 일이 아니라는 점을 잘 안다. 괴롭고 힘든 일이다. 그렇지만 그렇게 하지 않고서는 안 된다는 것을 내 몸의 감각과 인식으로 깨닫는 경지를 터득하는 것은 매우 어려운 일일 수 있다. 무엇보다 위 시편들이 보여주는 표면적인 소박함 이면에 시집 3~4부 시편들에서 발견되는 처절한 '점수(漸修)'적 고행들이 있었기에 신뢰를 보내기에 충분하다. 그런 처절한 고행 과정에서 시인은 무엇인가를 '위하여' 삶을 사는 것이 아니라 그런 타자들과 '더불어' 함께

하고자 하는 마음으로 연대의 손길을 내밀었다고 보아야 할 것이다. 나 자신의 피와 땀 그리고 사무치는 외로움을 주 원료로 하여 타자에 대한 사랑의 마음을 응축하고 또 응축할 때에야 비로소 '완전한 노동'을 이룰 수 있다는 태도는 정세훈 시인 특유의 몸으로 깨닫기의 경지가 결코 돈오(頓悟)에 있지 않고 점수(漸修)의 과정적 수행에 있음을 반증하는 것이 아니고 무엇이겠는가.

시집의 3~4부 시편들은 어느 시의 표현처럼 "서울 변두리 김포시/종합병원 7층 흉부외과 병동 침상"(「오월 흰 구름」) 위에서 쓴 이른바 '통증 연대기'라고 할 수 있다. 이 병동 침상 위에서도 정세훈 시인은 "살고 싶다/정말 살고 싶다"라고 절규하는가 하면, "살려만 주신다면/인간답게 살겠다고/나보다 더 힘든 이를 위해/헌신하는 삶을 살겠다"(「혈관에 스며드는 마취제처럼」)는 고통에 찬 실존의 내면풍경을 여과 없이 표현한다. 다시 말하자면, 이 처절한 실존의 육성과 기록이 있기에 1~2부 시들에서 보이는 좋은 노동에 관한 시적 사유와 행동이 역설적 진리를 얻었다고 보아야 할 것이다. 시 「맑은 하늘 하나 낳아보리」와 「바다」는 정세훈 시인이 바라는 좋은 노동에 대한 태도가 자연물에 가탁되어 표현된 작품이라고 할 수 있다. 우리는 그런 시편들에서 '하늘'과 '바다'가 수행하는 순정한 무위(無爲)의 노동에 관한 시인의 시선의 전환을 볼 수 있을 것이다. 그것은 "아픈 상처/어루만져주어//공존의 마을을/이루는 것//무지개로/마을을 하늘에 닿게 하는 것"(「바다」)이라는 순정한 시적 인식이다. 이것이 곧 자연이 묵묵히 수행하는 좋은 노동에 관한 시인의 시적 깨달음이라고 할 수 있다. 이러한 시적 인식 때문일까. 정세훈 시에 등장하는 '하늘'의 이미지 또한 저 1980년대 노동시와는 다른 구름 한 점 없는 말 그대로의 "맑은 하늘"을 "그대"와 더불어 함께 낳아보자는 적극적 연대의 감수성으로 표출되는 것이 아니겠는가. 이 점이 초기 시와는 변화한 정세훈의 시적 전환이라고 단언할 수 있는데, 자신의 온몸을 동원하여 촉감(觸感)을 활용하려는 민중의 생활주의적 감각과 태도는 여일하다. 어쩌면 정세훈은 그런 시인의 길을 계속 걸어갈 것이다.

비 내리는
눈 내리는
날 궂은 그 어느 날
그대에게 가리

왜 하필이면
맑은 날 놔두고
궂은 날 왔느냐
울먹이는 그대와

눈물로
얼싸안고
맑은 하늘 하나
낳아보리

―「맑은 하늘 하나 낳아보리」 전문

高永直 | 문학평론가